KB184276

글 트레이시 웨스트

트레이시 웨스트는 골드 드래곤의 능력을 생각해 내느라 머리를 싸맸다. 그러다가 금이 다른 어떤 금속보다도 잘 깨지지 않으면서 모양은 쉽게 변한다는 사실을 알아냈다. 결국 헤마에게 변신 능력을 주기로 마음먹었다. 트레이시는 어린이들을 위한 책을 수십 권 썼다. 그녀는 남편과 세 명의 의붓자녀와 같이 살면서 집에서 글을 쓴다. 함께 지내는 동물 친구들도 엄청 많다. 개 두 마리, 닭 일곱 마리, 글을 쓸 때마다 책상 위에 앉아있는 고양이 한 마리까지! 다행히 고양이는 드래곤만큼 무게가 많이 나가진 않는다.

그림 사라 포레스티

사라 포레스티는 아름다운 호수, 들판, 강으로 둘러싸여 있는 이탈리아 북부에서 태어났다. 어린 시절 그녀가 가장 좋아하던 장소는 언덕 위에 지어진 중세 도시로, 돌벽과 커다란 정문으로 둘러싸인 곳이었다. 어른이 된 사라는 놀라운 삽화의 세계를 발견했고, 곧 사랑에 빠지게 되었다! 지금은 어린이책에 그림을 그리는 일을 하고 있다. 작업을 하는 동안에는 사라의 드래곤(에라라는 이름의 무척 예의 바른 그레이트데인 강아지)이 그녀를 지켜본다.

옮김 윤영

서울대학교 미학과를 졸업하고 같은 대학원에서 고고미술사학과를 수료했다. 현재 번역 에이전시 엔터스코리아에서 번역가로 활동 중이다. 옮긴 책으로는 「복면공주」 시리즈, 「암호 클럽」 시리즈, 「얼렁뚱땅 세계사」 시리즈, 「내 친구 페파피그」 시리즈, 『쿵푸팬더 3 무비스토리북』, 『온 세상이 너를 사랑해!』, 『아무도 본 적이 없는 무시무시한 공룡들』, 『캡틴 크누트와 멍청한 그림자』 등 다수가 있다.

드래곤 마스터

12 골드 드래곤의 보물

다산어린이

한국의 드래곤 마스터들에게

여러분은 이제 흥미진진한 모험을 시작하게 될 거예요!

《드래곤 마스터》 세계의 드래곤과 마법은 진짜입니다. 드래곤 마스터는 여덟 살 정도의 어린이들이며, 드래곤은 어스 드래곤, 파이어 드래곤, 워터 드래곤 등 고유의 속성에 따라 나뉩니다. 드래곤들에게는 제각기 특별한 능력이 있지요.

드래곤 마스터는 드래곤과 함께 훈련하며, 드래곤의 능력이 잘 발휘되도록 돕는 법을 배웁니다. 드래곤 마스터와 드래곤은 짝을 이루어 다른 이들을 돕거나 자신의 문제를 헤쳐 나가지요.

'웜'이라는 이름의 드래곤이 지닌 특별한 능력 덕분에, 드래곤 마스

터들은 전 세계를 여행합니다. 그러면서 새로운 드래곤과 드래곤 마스터도 만나게 될 거예요. 여러분도 그 여정을 함께할 수 있답니다!

《드래곤 마스터》가 한국어로 번역이 되어 정말 기쁩니다. 한국의 어린이들이 책과 스토리텔링에 무척 관심이 많다는 건 익히 알고 있습니다. 《드래곤 마스터》가 여러분이 가장 아끼는 책이 되기를 바랍니다.

그럼 이제 모험을 떠날 준비가 되었나요?

지금부터 신나게 즐기세요!

트레이시 웨스트

차례

I 새로운 임무 — 7

II 공중 전투 — 15

III 마법에 걸린 걸까? — 22

IV 금빛 보물 — 29

V 마법사의 계획 — 34

VI 말드레드의 조력자 — 41

VII 갇혔어! — 47

VIII 도망쳐! — 51

IX 열쇠의 비밀 — 54

X 에코의 선택 62

XI 걸려라, 마법! 67

XII 살았다! 73

XIII 황금색 vs 붉은색 79

XIV 마법의 검 85

XV 실버와 골드 92

Published by arrangement with Scholastic Inc., 557 Broadway, New York, NY 10012, USA.

새로운 임무

드래곤 마스터들은 롤랜드왕의 성 지하에 있는 교실에 모여 계획을 세우고 있다.

왕실 마법사 그리피스 앞에는 수바르나섬의 지도가 펼쳐져 있다. 그 주위로 드래곤 마스터 드레이크와 로리, 보, 애나, 페트라가 자리를 잡고 지도를 살펴보는 중이다.

그리피스가 입을 열었다.

"너희가 빨리 수바르나섬으로 떠나야겠구나. 하지만 그전에 지금까지 무슨 일이 있었는지 되짚어 보자. 말드레드가 은빛 열쇠를 손에 넣었고, 이제 금빛 열쇠까지 차지하려고 한다. 그 이유는 나가를 깨우기 위해서지."

"나가는 세상을 파괴할 수 있을 정도로 엄청나게 강한 드래곤이죠!"

로리가 거들었다.

"맞다, 로리. 그래서 드레이크와 보는 말드레드가 은빛 열쇠를 훔치는 걸 막기 위해 무던히 애를 썼다. 하지만 너희도 알다시피 결국 말드레드가 열쇠를 차지했지."

"열쇠를 지키려고 최선을 다했지만 빼앗기고 말았어요……."

보가 시무룩하게 말했다.

그때 애나가 외쳤다.

"절대 너희 잘못이 아니야! 말드레드가 엄청 강하고 나쁜 마법사라서 그런 거라고."

'하지만 우리 때문에 사기가 떨어진 건 사실이야.'

드레이크는 모두에게 다짐하듯 말했다.

"대신 금빛 열쇠는 절대 훔쳐 가지 못하게 할 거예요!"

"그래, 말드레드는 지금 금빛 열쇠를 훔치러 가는 중이다. 수바르나섬 산속에 숨겨져 있는 금빛 굴에 보관되어 있지. 열쇠를 지키는 건 골드 드래곤이란다."

그리피스가 설명했다.

"당장 가야 해요. 열쇠를 빼앗기기 전에요!"

로리가 발을 동동 구르며 말했다.

"그래, 최대한 서둘러야 한다. 드레이크, 웜에게 너와 로리, 벌컨을 수바르나까지 이동시켜 달라고 하거라. 그리고 나머지 아이들은 나와 함께 특별한 임무를 준비해야겠다."

"알겠어요, 마법사님. 당장 갈게요!"

로리가 힘차게 대답했다.

"행운을 빌게. 조심히 다녀와."

페트라가 로리를 꼭 안아 주었다.

로리와 드레이크는 서둘러 드래곤 굴로 달려갔다.

드레이크는 커다란 갈색 드래곤을 바라보았다.

"준비됐지, 웜?"

드레이크의 스톤 목걸이가 초록색으로 은은하게 빛났다.

드래곤 마스터는 모두 드래곤 스톤의 선택을 받았다. 각자의 드래곤과 강하게 연결되면 스톤 조각은 빛을 낸다. 그래서 마스터들은 항상 이 작은 조각을 몸에 지니고 다닌다.

드레이크의 머릿속으로 웜의 목소리가 들렸다.

'준비됐어.'

드레이크가 로리를 보며 고개를 끄덕였다.

"준비 완료!"

로리는 파이어 드래곤 벌컨의 몸에 손을 얹었다. 그리고 다른 한 손은 웜에게 올렸다.

드레이크는 웜을 향해 미소를 지으며 말했다.

“그리피스 마법사님이 보여 준 산으로 우릴 데려다줘!”

웜의 몸이 초록색으로 빛나기 시작했다. 드레이크의 심장이 두근두근 세차게 뛰었다.

빛이 사그라들 무렵, 아이들은 바위산의 널따란 바위 위에서 있었다. 산속인데도 따뜻한 기운이 느껴졌다.

드레이크는 고개를 들어 위를 보았다.

하늘에는 황금색 드래곤이 검은 머리 아이를 태우고 날고 있었다.

드레이크는 처음 보는 드래곤의 모습에 입이 떡 벌어졌다. 온몸이 반짝이는 금빛 비늘로 뒤덮여 있고, 부드러운 곡선을 그리는 날개는 가벼운 새의 깃털을 떠올리게 했다.

한마디로 굉장히 아름다웠다!

그때 하늘에 엄청난 굉음이 울려 퍼졌다.

콰과과광!

천둥소리 같았다.

고개를 돌려 보니 보라색 썬더 드래곤이 골드 드래곤을 바짝 쫓고 있었다! 드레이크는 한눈에 알아보았다.

"에코와 네루야!"

로리가 날카롭게 눈을 빛내며 외쳤다.

"에코가 금빛 열쇠를 들고 있어!"

II

공중 전투

드레이크는 눈이 부셔서 손을 들어 햇빛을 가렸다.

골드 드래곤의 비늘이 햇빛을 받아 번쩍거리고 있었다. 그와 함께 에코의 손에 들려 있는 물건도 반짝였다.

로리 말이 맞았다. 금빛 열쇠가 분명했다!

얼마 전 에코는 롤랜드왕의 성에 쳐들어와 윔과 다른 드래곤들을 훔쳐 달아나려 했었다. 게다가 로리는 에코와 지내겠다며 잠시 성을 떠나기도 했었다. 물론 에코는 로리와 같은 생각을 한 게 아니라는 걸 곧 알게 되었지만 말이다.

"에코가 말드레드를 돕는 걸까?"

드레이크가 로리에게 물었다.

"그럴 수 있지. 아니면 다른 일을 계획하는 걸지도 모르고. 어느 쪽이든 금빛 열쇠를 가져가게 둘 순 없어!"

로리는 대답하며 벌컨 등에 폴짝 올라탔다.

"벌컨, 날아올라!"

파이어 드래곤은 거대한 날개를 펄럭이며 하늘에 있는 두 마리의 드래곤을 향해 날아올랐다.

드레이크가 웜에게 물었다.

“우리도 저 위로 이동할 수 있을까? 에코에게서 열쇠를 가져와야 해.”

‘네루의 방어막이 너무 강해. 저걸 뚫고 들어가기는 힘들어.’

드레이크는 썬더 드래곤을 올려다보았다.

네루는 온몸으로 보라색 에너지를 뿜으며 주변에 방어막을 만들고 있었다.

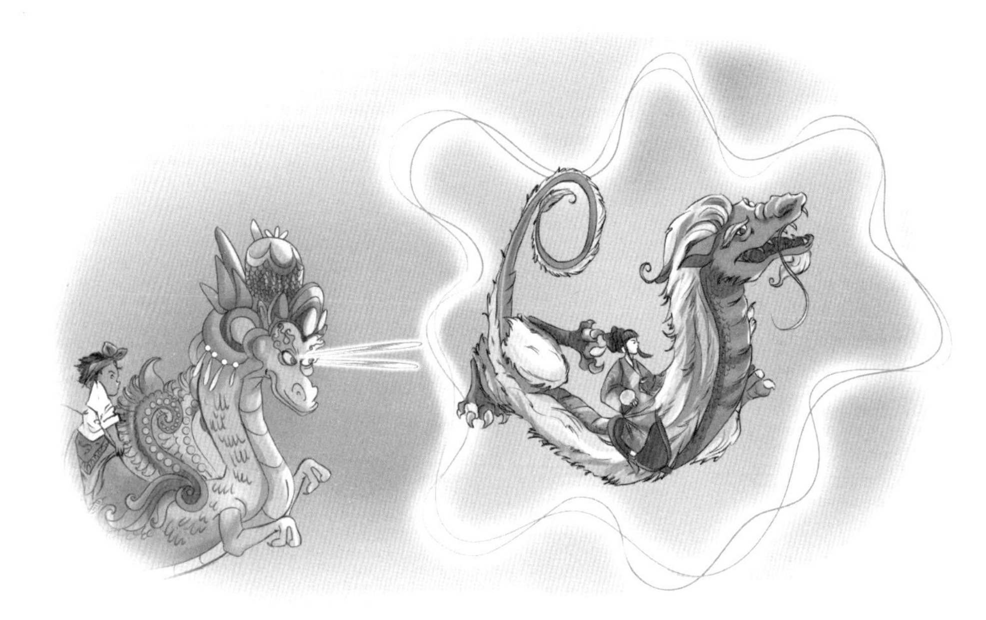

그때 골드 드래곤의 눈에서 금빛 광선이 뿜어져 나왔다. 하지만 황금빛 에너지는 네루의 방어막을 맞고 튕겨 나왔다.

"벌컨, 방어막을 깨트려 줘!"

로리가 썬더 드래곤에게 접근하며 외쳤다.

벌컨이 곧바로 빨간 불꽃을 뿜었지만 방어막에 닿았다가 이내 사그라들었다.

네루가 다시 한번 큰 소리로 으르렁거렸다. 그러자 하늘에 보라색 에너지가 소용돌이치더니 둥그런 포털이 생겨났다.

에코가 로리를 돌아보며 씨익 웃었다. 그러더니 네루와 함께 포털로 쑥 들어가 버렸다. 구멍은 곧 사라졌다.

"안 돼!!!"

로리가 소리쳤지만 소용없었다.

벌컨은 드레이크와 윔 옆에 착지했다.

골드 드래곤도 우아한 모습으로 천천히 내려앉았다.

드레이크는 잠시 에코 일을 잊고 골드 드래곤의 멋진 모습을 넋 놓고 바라보았다.

골드 드래곤의 등에서 내려온 아이는 하얀 셔츠에 드래곤이 그려진 치마를 입고 있었다. 목에는 초록색 드래곤 스톤이 걸려 있었다.

"난 다르마라고 해. 이 친구는 골드 드래곤 헤마고. 우린 금빛 열쇠의 수호자야."

"썬더 드래곤과 드래곤 마스터 에코는 우리가 아는 사람이야. 혹시 에코가 금빛 열쇠를 훔쳐 간 거니?"

로리가 기다렸다는 듯 물었다.

다르마가 고개를 끄덕였다.

"맞아. 금빛 열쇠를 잃어버렸어."

마법에 걸린 걸까?

로리가 다르마에게 가까이 다가가며 물었다.

“그런데 넌 어쩜 그렇게 차분해? 에코가 말드레드와 손을 잡았다면, 말드레드는 열쇠 두 개를 다 얻은 거나 마찬가지야! 그럼 나가를 조종해서 결국 이 세계를 파괴할 수도 있단 말이야!”

“말드레드가 누군데?”

다르마가 모르겠다는 얼굴로 물었다.

“나쁜 마법사야. 이 세상에 그 사람보다 악한 자는 없어.”

로리가 확신에 차서 대답했다.

갑자기 다르마가 눈을 감더니, 잠시 후에 입을 열었다.

"아직 늦지 않았어."

다르마는 차분했다.

"그걸 어떻게 알아?"

로리가 목소리를 높이자, 드레이크가 끼어들었다.

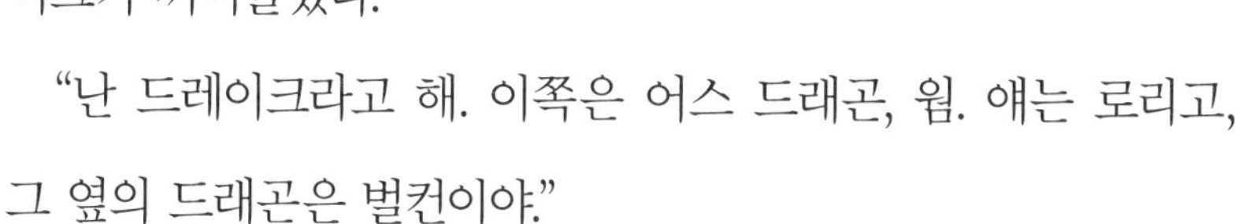

"난 드레이크라고 해. 이쪽은 어스 드래곤, 웜. 얘는 로리고, 그 옆의 드래곤은 벌컨이야."

다르마가 고개를 끄덕였다.

"다들 만나서 반가워."

"응, 우리도 반가워. 우리는 말드레드가 금빛 열쇠를 훔치기 위해 여기 올 거라는 걸 알고 있었어. 안타깝게도 좀 늦게 도착했지만……."

드레이크 말에 다르마가 미소를 지었다.

"괜찮아. 지금이라도 왔으니까."

"이럴 때가 아니라 에코가 어디로 갔는지 알아내야 해! 혹시 에코의 눈이 빨갛게 빛나고 있었어?"

로리가 다시 끼어들었다.

다르마는 고개를 저었다.

"아니던데."

로리가 인상을 쓰며 중얼거렸다.

"말드레드가 에코에게 마법을 건 줄 알았는데 아닌가 봐. 에코가 원해서 말드레드를 돕는다고? 도대체 왜?"

"지금 중요한 건 그게 아니야. 어쨌든 금빛 열쇠는 에코 손에 들어갔어. 언제라도 말드레드가 열쇠를 차지할 거야."

드레이크가 말했다.

"맞아. 어서 말드레드의 은신처를 찾아야 해!"

로리가 동의했다.

그러자 다르마가 여전히 부드럽고 온화한 표정으로 말했다.

“에코를 어떻게 찾아야 할지 알고 있어. 날 따라와.”

다르마와 골드 드래곤은 산을 오르기 시작했다. 드레이크와 로리도 얼른 둘을 따랐다.

가파른 산길을 걷다 보니, 드레이크는 허리춤에 꽂혀 있는 은빛 검이 무척 무겁게 느껴졌다. 실버 드래곤의 드래곤 마스터장에게 받은 선물이었다.

'골드 드래곤의 굴로 가는 걸까? 실버 드래곤의 굴과 비슷할지도 몰라.'

드레이크의 머릿속에는 휘황찬란한 은빛 보물이 가득 쌓여 있던 실버 드래곤의 굴이 떠올랐다.

잠시 후 졸졸 흐르는 물소리가 들렸다. 작은 폭포에서 나는 소리였다.

다르마는 아이들에게 따라오라고 손짓하더니 폭포 안쪽으로 들어갔다. 그곳은 축축하고 서늘한 동굴 안이었다.

한가운데에는 드래곤 마스터만 한 금빛 드래곤 동상 여섯 개가 동그랗게 원을 이루고 있었다.

"정말 아름다워."

로리가 속삭였다.

다르마는 중앙으로 걸어가더니 한 동상의 꼬리를 잡아당겼다. 그러자 동굴 벽에 있던 문이 스르르 열렸다.

다르마는 아이들을 데리고 안으로 들어갔다.

컴컴한 터널 안은 아무것도 보이지 않았다. 아이들은 말없이 몇 분 동안 어둠 속을 걸었다.

터널 끝에 다다르자 크고 넓은 방이 나왔다.

안에는 수십 개의 금빛 보물 상자가 놓여 있었고 황금 벽과 함께 반짝이고 있었다.

방 가운데에는 커다란 연단에 폭신한 금빛 쿠션이 잔뜩 쌓여 있었는데, 골드 드래곤의 잠자리로 보였다.

다르마가 미소를 지으며 말했다.

"골드 드래곤의 은신처에 온 걸 환영해!"

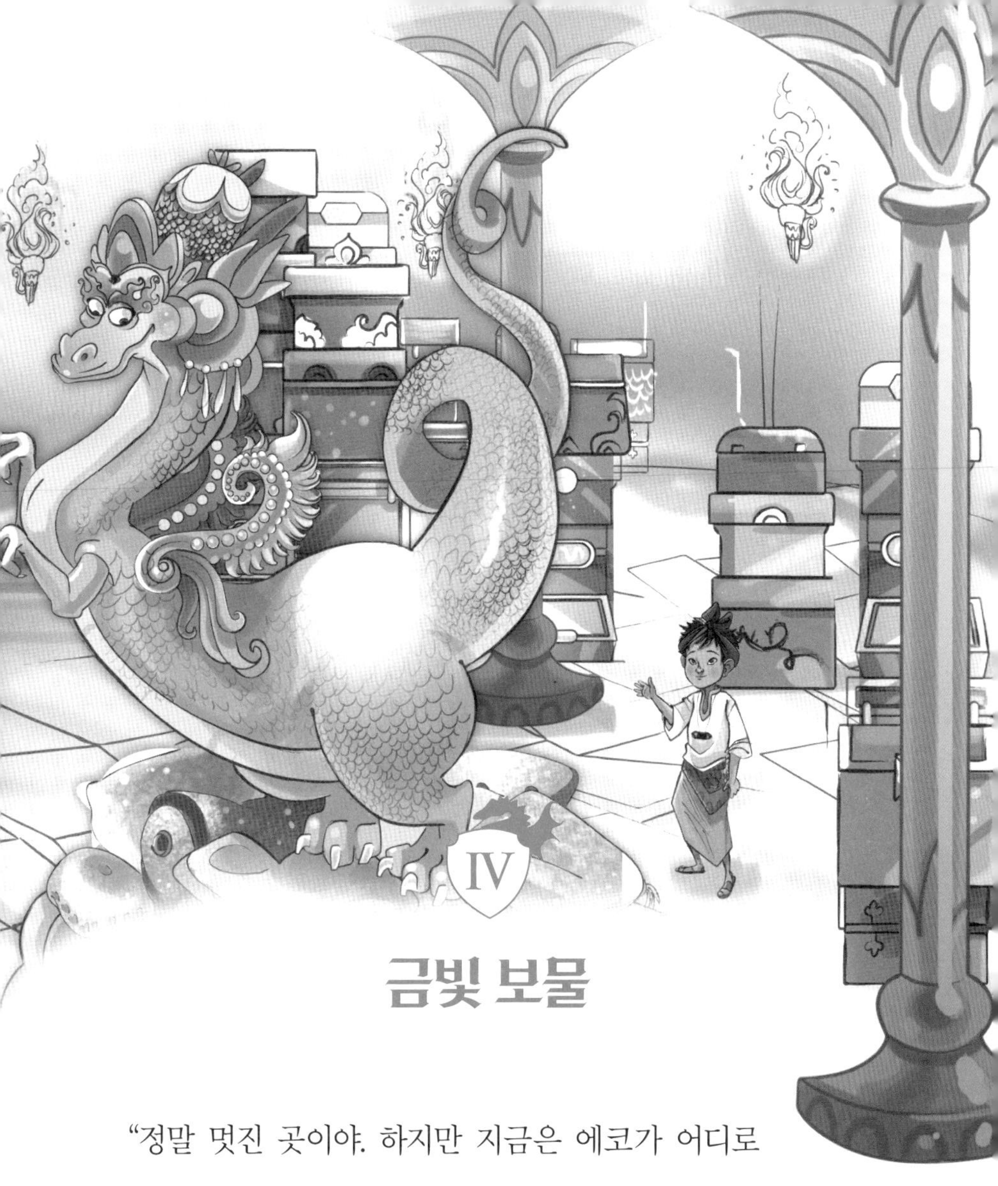

금빛 보물

“정말 멋진 곳이야. 하지만 지금은 에코가 어디로 갔는지부터 찾아야 해!”

로리가 동동거리며 말했다.

다르마가 고개를 끄덕이고는 오른쪽 벽 앞으로 다가갔다.

"에코와 썬더 드래곤이 이 벽을 통해 은신처로 들어왔어. 그러고는 금빛 열쇠를 훔쳐서 달아났지."

다르마가 말했다.

"네루는 으르렁거리기만 하면 포털을 만들 수 있거든."

드레이크가 설명했다.

"포털은 사라졌지만 마법 포털에는 엄청난 에너지가 흐르기 때문에 지금도 약간의 에너지가 남아 있을 거야."

다르마가 말했다.

"우리 눈에 보이진 않지만 여전히 포털이 이 근처에 있다는 얘기야?"

로리가 놀라며 물었다.

다르마는 눈을 감고 벽에 손바닥을 대 보더니 손으로 원을 그리기 시작했다.

그러자 벽에서 보라색 에너지가 소용돌이치는 둥그런 원이 서서히 나타났다.

"포털이 생겼어!"

로리가 소리쳤다.

놀란 건 드레이크도 마찬가지였다.

"넌 드래곤 마스터가 아니라 마법사구나?"

다르마가 씨익 웃으며 대답했다.

"어느 쪽인지만 알면 에너지를 찾는 건 쉬워. 포털은 금방 닫힐 거야. 그 전에 너희에게 줄 것이 있어."

다르마가 보물 상자 하나를 열더니 빨간 보석이 매달린 목걸이를 꺼내어 로리에게 내밀었다.

"이건 네 거야."

"우아, 고마워."

로리는 곧바로 목걸이를 목에 걸었다.

다르마는 또 다른 보물 상자로 향했다. 이번엔 작은 쇠사슬을 엮어 만든 갑옷 조끼를 꺼내 드레이크에게 내밀었다.

"자, 이걸 입어."

드레이크도 조끼를 입어 보았다. 생각보다 무척 가벼웠다.

"고마워. 그런데 왜 우리에게 이런 선물을 주는 거야?"

"너희에게 꼭 필요하거든."

"어디에 필요하다는 거야?"

로리가 갸우뚱하며 물었다.

"때가 되면 알게 될 거야."

다르마가 잔잔한 미소를 지으며 말했다.

다르마는 다시 포털이 있는 쪽으로 걸어가더니 벽에 손을 가져다 댔다. 그리고 드레이크와 로리 쪽을 돌아보았다.

"포털의 에너지가 약해졌어. 우리 모두 통과하지 못할 수도 있으니까 드래곤들은 여기 남는 게 좋겠어."

"뭐라고? 드래곤들 없이 어떻게 말드레드와 싸워?"

"걱정 마, 방법을 찾게 될 거야."

로리가 버럭버럭해도 다르마는 아랑곳하지 않고 대답했다.

'널 여기 남겨 두고 싶지 않아, 웜.'

드레이크가 웜을 바라보자 드래곤 스톤이 빛을 냈다.

'다르마를 따라가서 금빛 열쇠를 찾아. 서둘러, 시간이 없어.'

"웜이 우리더러 얼른 가래."

드레이크가 로리에게 말했다.

로리가 한숨을 푹 쉬었다.

"좋아, 해보자!"

로리가 먼저 포털로 들어갔다.

드레이크와 다르마도 로리 뒤를 따랐다.

마법사의 계획

포털은 드래곤 마스터들이 통과하자 곧바로 사라졌다.

도착한 곳은 높고 둥근 탑 안이었다. 빙글빙글 나선형 계단이 아래까지 쭉 이어져 있었다.

벽에 걸려 있는 횃불이 탑 안을 밝혔다.

빛이 약해 어둑했지만 벽에 빼곡이 그려진 이상한 얼굴들은 확실히 보였다.

묘한 광경에 드레이크는 목덜미 털이 쭈뼛 곤두서고 말았다.

로리가 드레이크의 팔을 잡아당겨 조용히 하라는 신호를 하고는 난간 너머 아래쪽을 가리켰다.

빙글빙글한 계단을 눈으로 쫓으니 커다란 책상이 눈에 띄었다. 그 앞에는 빨간 옷을 입은 남자가 서 있었다.

가운데 흰 줄무늬가 있는, 길고 검은 수염을 한 마법사였다.

한쪽 눈에는 안대도 차고 있었다.

"말드레드야!"

로리가 속삭였다.

"이 탑이 비밀 은신처인 게 분명해. 저 아래가 작업실인가 봐. 책이랑 물약이 잔뜩이잖아."

다르마가 찬찬히 살펴보며 말했다.

드레이크는 난간 너머로 아래쪽을 유심히 관찰했다.

말드레드는 5층 아래에 있었다. 계단은 아래까지 이어졌고, 각 층마다 통로와 함께 문이 하나씩 있었다.

'엄청나게 거대한 곳이야. 대체 여긴 어딜까?'

말드레드는 혼자가 아니었다. 바로 옆에는 에코도 있었다.

손에는 금빛 열쇠를 들고 있었다. 열쇠가 촛불 아래에서 반짝반짝 빛났다.

'역시 에코가 말드레드와 같이 있어!'

에코가 금빛 열쇠를 내밀었다.

"말드레드, 열쇠를 가져왔어요."

말드레드가 미소를 지었다.

"잘했다, 에코."

"이제 함께 나가를 풀어 줄 수 있겠네요. 모든 드래곤들이 자유로운 세상을 만들자고요."

에코는 전에도 비슷한 말을 했었다. 롤랜드왕의 드래곤들을 훔치려 했을 때 모든 드래곤들의 자유를 바란다고 했다.

에코는 드래곤들에게 마스터가 필요하다는 사실을 믿지 않았다.

말드레드가 은빛 열쇠를 꺼내 들었다.

"이제 우리에겐 열쇠가 있어. 문제는 나가를 어디에서 찾아야 할지 모른다는 거야. 《고대 구전 설화》를 한 장도 빠짐없이 다 읽어 봤지만 나가가 어디에 있는지는 알려 주질 않아!"

말드레드는 버럭 화를 내며 주먹으로 책상을 내리쳤다.

"어쩌면 그 답이 열쇠에 있을지도 몰라요. 열쇠에 문양이 있던데요?"

에코의 말에 말드레드가 눈썹을 추켜세웠다.

"그럴 수도 있겠군. 좀 더 알아봐야겠어."

"제가 도와드리죠."

"넌 하나만 도와주면 돼. 그리피스의 드래곤 마스터들이 찾아오지 못하게 계속 지켜보는 거! 나가를 깨우는 일을 놈들이 방해하게 둘 순 없어. 혹시나 놈들이 보이거든 자비를 베풀지 말고 처리하도록."

말드레드가 단호하게 말했다.

"어린애들을 해칠 순 없어요."

에코가 얼굴을 찡그리자 말드레드가 노려보았다.

"다시 말하지만 자비를 베풀지 마. 그 무엇도 이 세상을 지배하겠다는 나의 꿈을 막을 순 없어."

"우리 꿈이죠. 드래곤을 자유롭게 만들겠다는 우리 꿈이요."

"아, 물론 그렇지. 물론이야."

말드레드가 웃어 보였다.

로리가 드레이크에게 속삭였다.

"에코는 말드레드가 드래곤들을 자유롭게 풀어 줄 거라고 믿는 걸까? 누가 봐도 말드레드가 에코를 속이고 있잖아! 말드레드는 드래곤들을 다 자기 편으로 만들려는 거야."

"쉿!"

드레이크가 로리를 진정시키려고 했지만 소용없었다. 로리가 예고도 없이 큰소리로 외쳤다.

"말드레드를 믿지 말아요, 에코!"

VI

말드레드의 조력자

말드레드가 황급히 위를 쳐다보았다. 탑 꼭대기에서 아래를 내려다보고 있는 드래곤 마스터들과 눈이 마주쳤다.

"다르마, 어서 포털을 다시 열어 줘!"

드레이크가 서둘러 외치며 고개를 돌렸다. 하지만 다르마는 어디에도 보이지 않았다.

그때 로리가 드레이크의 팔을 움켜쥐었다.

“어서 숨어야 해! 아무 방이나 일단 들어가자. 빠져나갈 수 있는 창문이 있을 거야.”

로리와 드레이크는 나선형 계단을 뛰어 내려갔다.

드레이크의 심장이 쿵쿵 요동쳤다.

그런데 얼마 지나지 않아 펄럭이는 붉은 천이 얼핏 눈에 들어왔다.

말드레드가 붉은빛을 내뿜으며 날아오고 있었다.

“드래곤 마스터 두 명이라, 참 잘됐군. 하하하, 덫에 걸린 쥐처럼 꼼짝 못 하게 됐어!”

말드레드가 무척 즐거운 듯이 말했다.

“우릴 잡을 수 없을걸요!”

로리가 계단을 뛰어 내려가며 소리쳤다. 말드레드는 아랑곳하지 않고 손가락을 뻗어 드레이크와 로리를 가리켰다.

“아니, 할 수 있어. 난 마법사거든!”

순간 드레이크의 온몸이 찌릿찌릿했다.

“어, 어, 몸을 못 움직이겠어!”

드레이크가 로리에게 외쳤다.

“나도 안 움직여!”

로리도 마찬가지였다.

"너희는 꼼짝 못 해. 이제 그 검도 필요 없겠구나."

드레이크의 허리춤에 있던 은빛 검이 두둥실 떠올라 순식간에 말드레드의 손으로 날아갔다. 하지만 드레이크는 어쩔 도리 없이 그저 지켜볼 수밖에 없었다.

잠시 후 에코가 뛰어 올라오자, 말드레드가 명령했다.

"저 녀석들을 가둬! 내가 나중에 처리할 테니."

에코가 드레이크와 로리를 붙잡았다.

말드레드가 손가락을 딱 튕기자 드레이크도 더는 찌릿하는 느낌이 들지 않았다.

"도망칠 생각은 하지 마. 말드레드는 호락호락하지 않으니까."

에코는 아이들을 데리고 묵직한 나무문이 있는 방으로 갔다. 그러고는 드레이크와 로리를 안으로 떠밀었다.

“왜 이러는 거예요, 에코? 말드레드가 당신을 이용하고 있다는 걸 모르겠어요?”

로리가 에코의 눈을 쳐다보며 소리쳤다.

“말드레드는 나를 이해해. 내가 드래곤들을 어떻게 여기는지 다 안다고! 로리 너도 그런 줄만 알았어. 하지만 아니었지.”

“날 끌어들이지 마요!”

로리가 쏘아붙였다.

"말드레드가 당신을 속이고 있어요. 드래곤들을 자기 마음대로 조종하려 한다고요. 드래곤을 풀어 줄 생각이 없어요!"

에코는 로리를 노려보고는 돌아서서 문을 쾅 닫아 버렸다.

드레이크는 철컥거리는 소리를 듣고 문 쪽으로 달려갔다.

"문이 잠겼어!"

VII

갇혔어!

로리는 문을 쾅쾅 두드리기 시작했다.

"여기서 꺼내 줘요!"

드레이크는 주위를 둘러보았다. 방 안에는 부서질 것 같은 나무 탁자 하나뿐이었다.

작은 창문으로는 으스스한 빛이 새어 들어왔다.

"웜을 불러 볼게. 연결되면 웜이 우리를 탈출시켜 줄 거야."

드레이크는 눈을 감았다.

'웜, 내 목소리 들려?'

드레이크는 눈을 뜨고 드래곤 스톤을 내려다보았다. 조금도 빛이 나지 않았다.

드레이크는 한숨을 푹 내쉬고 중얼거렸다.

"우리끼리 방법을 찾아봐야겠어."

로리가 창문 바로 아래 쪽으로 탁자를 밀더니 그 위에 올라섰다.

드레이크는 탁자가 흔들리지 않게 꽉 잡아 주었다.

"바깥이 너무 수상해. 이상한 빛이 나잖아."

로리는 창살을 붙잡고 흔들어 보았다.

"소용없어!"

할 수 없이 로리는 탁자 아래로 폴짝 뛰어내렸다.

"네 말대로 우린 갇혔어!"

"아니야, 다르마가 우릴 구해 줄 거야. 이 탑 어딘가에 숨어 있

는 게 분명해."

드레이크가 모습을 감춘 다르마를 떠올리며 말했다.

"다르마도 위험에 처해 있을지도 모르잖아."

로리의 말에 드레이크는 털썩 주저앉았다.

"우릴 영원히 가둬 놓진 않겠지? 누군가 문 열 때를 기다렸다가 탈출하자."

"그건 누구라도 나타났을 때 얘기지. 말드레드와 나가가 이 세상을 다 파괴할 때까지 우릴 여기 가둬 두면 어떡해."

로리가 드레이크 옆에 미끄러지듯 앉았다.

"아니면 우리에게 마법을 걸 수도 있어. 사악한 계획에 우리를 이용하려고."

드레이크가 말했다.

두 아이는 가만히 앉아 생각에 잠겼다.

"웜에게 계속 말을 걸어 볼게."

드레이크는 드래곤 스톤을 손에 쥐고 눈을 감았다. 마음속으로 웜의 이름을 부르고 또 불렀다.

이제는 드레이크도 걱정이 되기 시작했다.

'우리 곁엔 드래곤도 없고, 다르마도 어디 있는지 몰라. 게다가 말드레드는 내 검까지 빼앗아 갔어. 말드레드를 멈추게 할 방법이 없어…….'

VIII

도망쳐!

갑자기 끼익 소리와 함께 문이 열렸다.

드레이크와 로리는 벌떡 일어났다.

누군가 방 안으로 쟁반 하나를 밀어 넣고는 급히 문을 닫아 버렸다.

드레이크와 로리는 문을 쾅쾅 두들겼다.

“우릴 꺼내 줘요! 문을 열어 달라고요!”

둘은 목이 쉴 때까지 고함을 쳤지만 아무 소용이 없었다.

드레이크는 쟁반을 내려다보았다. 빵, 치즈, 사과, 물 두 컵이 전부였다.

배에서 꼬르륵 소리가 났다.

“배고파.”

드레이크는 자기도 모르게 빵을 한입 베어물었다. 로리도 허겁지겁 음식을 먹기 시작했다.

둘은 바닥에 앉아 빵 부스러기 하나 남기지 않고 싹싹 먹어 치웠다. 마지막엔 사과 씨만 남았다.

드레이크는 갑자기 피곤이 몰려오는 걸 느꼈다.

‘피곤할 만도 하지. 잠을 못 잔 지 너무 오래됐잖아…….’

드레이크가 무거운 눈꺼풀을 들어 올리며 말했다.

“로리, 잠깐이라도 자고 일어나자. 우리도 힘이 있어야 말드레드랑 싸우지.”

“난 안 자고 보초를 설 거야.”

로리는 단호하게 말했지만 비어져 나오는 하품은 어쩔 수 없었다.

드레이크는 벽에 기대어 깜빡 잠이 들었다.

얼마나 시간이 흘렀을까, 누군가 깨우는 소리가 들렸다.

"일어나! 말드레드가 너희를 데려오래."

에코였다.

드레이크와 로리가 기지개를 켜며 일어서자 에코는 둘을 앞세워 등을 떠밀었다.

로리가 드레이크를 흘끗 보더니 소리 없이 입을 움직였다.

'도망쳐.'

열쇠의 비밀

드레이크와 로리는 방을 나서서 계단으로 뛰어 내려갔다. 둘은 가장 먼저 보이는 가까운 문으로 향했다.

그런데 문에 다다르기 직전, 두 사람 앞에 빛나는 붉은 공이 나타났다.

빛나는 공은 드래곤 마스터들을 둘러쌌다.

로리와 드레이크는 말드레드의 작업실 쪽으로 두둥실 떠내려갔다.

드레이크는 왠지 피부가 따끔거리는 느낌이 들었다.

드레이크는 자신의 은빛 검이 작업실 한쪽 벽에 기대어 있는 걸 발견했다.

드레이크와 로리를 감싼 붉은 공은 바닥에 내려앉자 거품처럼 펑! 터졌다.

에코가 작업실로 뛰어 들어왔다.

“제 잘못이에요, 말드레드. 저 녀석들이 갑자기 놀라게 하지 뭐예요.”

“아이들을 잘 지키라고 했을 텐데! 나중에 다 쓸모가 있단 말이다.”

말드레드는 에코를 꾸짖었다.

"우리를 어디에 쓰려고요?"

로리가 눈을 부릅뜨고 물었다.

"내가 발견한 걸 보여 주마."

말드레드가 두 손을 비비며 말했다.

"내 손에 열쇠가 들어온 순간부터 이 무늬를 유심히 지켜보았지. 자, 봐라!"

말드레드는 은빛 원반을 들어서 검은 잉크가 담겨 있는 접시에 살짝 담갔다. 그리고 하얀 종이 위에 원반을 꾹 눌렀다.

열쇠의 도드라진 무늬가 도장처럼 종이에 찍혔다.

"이번엔 금빛 열쇠다."

말드레드는 똑같은 과정을 반복했다. 그리고 은빛 열쇠가 남긴 무늬 위에 금빛 열쇠를 도장처럼 찍었다.

로리가 놀라며 소리쳤다.

"지도처럼 보이잖아!"

"정확하다."

말드레드는 로리와 드레이크가 보지 못하게 얼른 종이를 가렸다.

"난 지도 속 섬이 어디인지 알아. 이제 나가를 어디에서 찾아야 하는지 알게 됐다고!"

“안 돼요! 이 세상을 파괴하면 안 된다고요!”

로리가 소리쳤다.

“세상을 파괴하려는 게 아니야. 이 세상을 지배하고 싶은 것이지. 나가만 내 곁에 있다면 모든 이들이 내게 머리를 조아릴 테니까!”

말드레드가 위험한 생각에 빠져 있는 사이, 드레이크의 시야에 무언가 들어왔다.

책장을 따라 금빛으로 반짝이는 게 휙 지나간 것이다.

드레이크는 눈을 깜빡였다. 생쥐, 그것도 황금 생쥐였다!

다시 눈을 깜빡이며 확인하니 생쥐는 어느새 사라져 버렸다.

‘이상한 일이네?’

드레이크는 잘못 본 게 아닌지 의아해졌다.

“우리를 어디에 쓰려는지 아직 얘기 안 했잖아요!”

로리가 쏘아붙였다.

“이 책에서 아주 흥미로운 걸 발견했지. 나가를 소환하면 드래곤이 무척 굶주려 있을 거라더군.”

사악한 마법사의 눈이 번득였다.

“그리고 난 알고 있지. 배고픈 드래곤에게 간식으로 주면 딱 좋은 것을 말이야!”

에코의 선택

“우릴 나가의 먹이로 주겠다고요? 안 돼요!”

드레이크가 소리쳤다.

“에코, 저 사람이 말하는 거 들었어요? 그런데도 아직도 저 사람을 돕고 싶어요?”

로리가 에코에게 따지듯 물었다.

에코는 말드레드를 바라보았다.

“말드레드, 진심은 아니죠? 해칠 필요는 없잖아요.”

그러자 말드레드가 목소리를 높였다.

“뭐가 필요한지는 내가 결정해! 드래곤 마스터들이 살아 있는 한, 계속해서 방해하려 들 거야. 우리에겐 이게 해결책이야.”

“제가 잘 감시할게요, 말드레드. 다시는 도망치지 못하게요.”

에코가 말드레드를 설득하려고 했다.

그러는 사이 로리는 드레이크의 손을 슬쩍 잡아당겼다. 두 사람은 에코와 말드레드에게서 천천히 뒤로 물러났다.

한 발짝, 한 발짝, 또 한 발짝…….

마침내 로리가 드레이크의 손을 꽉 쥐며 신호를 보냈다.

두 사람은 말드레드와 에코를 피해 달아나기 시작했다.

말드레드는 얼른 로리와 드레이크를 손가락으로 가리켰다.

손끝에서 번쩍이는 번갯불 같은 붉은빛이 뿜어져 나왔다.

드레이크는 온몸이 덜컥이는 느낌을 받고는 움직이지 못하게 되었다는 걸 깨달았다.

말드레드가 두 사람을 꼼짝 못 하게 만든 것이다!

"이제 알겠나? 너희는 내게서 달아날 수 없어. 흠, 아무래도 마법을 걸어 통제하는 게 좋겠군. 그래야 문제를 일으키지 못하지!"

말드레드가 손가락을 움직이자 로리의 몸이 공중에 떠올랐다. 로리는 마법사 바로 앞에 멈춰 섰다.

"날 봐라, 로리."

말드레드가 로리의 눈을 쳐다보며 명령했다.

드레이크는 점점 걱정이 되기 시작했다.

'로리도 나처럼 꼼짝없이 굳어 버렸어. 이제 곧 로리의 눈이 붉은색으로 빛나고 말드레드의 명령만 따르게 될 거야. 그리고 다음은 내 차례…….'

"이건 아니잖아요, 말드레드!"

에코가 소리치며 달려들자, 말드레드는 바닥에 나뒹굴었다.

드레이크는 곧 마법의 힘이 약해지는 걸 느꼈다.

둥둥 떠 있던 드레이크와 로리의 몸이 바닥에 내려앉았다.

"이제 다 필요 없다, 에코! 더는 네가 필요 없다고!"

말드레드가 일어서며 호통을 쳤다. 그러고는 주머니에서 붉은 가루를 한 움큼 꺼내 에코에게 던졌다.

붉은 가루가 반짝거리며 에코는 사라져 버렸다.

걸려라, 마법!

로리가 말드레드를 향해 소리쳤다.

“에코를 어디로 보냈어요? 대체 무슨 짓을 한 거예요?”

“자, 어디까지 했었지?”

말드레드는 웃으며 마법으로 드레이크와 로리를 제압했다. 로리는 또 말드레드 눈앞에 둥실 떠올랐다.

‘으악, 안 돼!’

드레이크는 몸을 움직여 보려 했지만 꼼짝할 수 없었다.

말드레드는 로리의 눈을 가만히 응시했다.

"이제 너의 의지는 사라진다. 너의 의지는 내 것이다. 너의 의지는 사라진다. 너의 의지는 내 것이다."

로리는 눈을 감고 고개를 끄덕였다.

'로리, 안 돼!'

드레이크가 속으로 비명을 질렀다.

잠시 후 로리의 몸이 바닥으로 사뿐히 내려앉았다.

말드레드는 굳어 버린 로리의 몸을 자유롭게 만들어 주었다.

그런 다음 드레이크를 바라보았다. 드레이크의 몸이 어느새 말드레드 바로 앞까지 날아왔다.

말드레드는 번득이는 검은 눈으로 드레이크를 쳐다보았다.

“이제 네 차례다, 드레이크.”

드레이크는 마법을 피하기 위해 눈을 감으려 했다. 하지만 눈꺼풀조차 마음대로 움직일 수 없었다.

말드레드가 주문을 읊기 시작했다.

“너의 의지는 사라진다. 너의 의지는 내 것이다.”

“아니거든요!”

로리였다!

로리가 책상 위에서 부글거리는 물약을 집어 들어 말드레드에게 던져 버렸다!

말드레드는 수염에서 연기가 피어오르자 비명을 질러 댔다.

‘어떻게 한 거지? 로리는 어떻게 말드레드의 마법을 피했지?’

드레이크는 몹시도 어리둥절해졌다.

드레이크의 몸이 자유로워지자 두 사람은 계단으로 달려가 처음 보이는 통로로 빠져나갔다. 그리고 제일 먼저 발견한 방으로 뛰어들었다.

안에는 나무 덧문이 설치되어 있는 커다란 창이 있었다.

로리와 드레이크는 그쪽으로 뛰어갔다.

“덧문이 잠겨 있어.”

드레이크가 문을 잡아당기며 말했다.

로리도 온힘을 다해 문을 열어 보려 애썼다.

그때 로리 목에 걸려 있던 붉은 보석이 빛을 내기 시작했다.

"로리, 다르마가 준 목걸이를 좀 봐!"

드레이크의 말에 로리가 고개를 끄덕였다.

"말드레드가 나에게 마법을 걸었을 때부터 빛이 나기 시작했어. 이것 때문에 마법이 통하지 않았던 것 같아. 이 보석이 날 보호해 준 거야."

"하지만 아까는 진짜로 마법에 걸린 것 같았어."

드레이크가 신기해하자, 로리가 씨익 웃었다.

"내가 연기를 좀 잘했지."

"다르마는 이 모든 걸 예상하고 목걸이를 줬나 봐!"

드레이크도 웃으며 말했다.

그때 아까 보았던 황금 생쥐가 떠올랐다.

"지금도 우릴 도우려고 애쓰고 있다는 느낌이 들어."

두 사람이 다시 덧문을 향해 돌아서려 할 때, 말드레드가 방으로 들어왔다.

"너희는 도망가지 못한다니까!"

눈을 번득이는 마법사 손끝에서 번갯불 같은 붉은빛이 뿜어져 나왔다.

살았다!

드레이크와 로리는 붉은빛 공격을 아슬아슬하게 피했다.

그때였다.

아아아이이이이이이이이!

이상한 울음소리가 탑을 가득 채웠다.

난데없이 황금 독수리가 방 안으로 날아 들어온 것이다!

커다란 새는 말드레드를 발톱으로 낚아챈 뒤 날아가 버렸다.

드레이크와 로리는 어리둥절한 얼굴로 서로를 쳐다보았다.

"어서 여기서 나가자!"

로리가 창문 쪽으로 몸을 돌리며 말했다.

"아직은 안 돼. 내 생각엔 저 새를 따라가야 할 것 같아."

드레이크에게 문득 떠오르는 게 있었다.

'내가 예상하는 게 맞다면, 저 새는 우리 도움이 필요할 거야.'

드레이크는 방 밖으로 뛰쳐나갔다. 로리는 한숨을 쉬며 그 뒤를 쫓았다.

커다란 독수리는 말드레드의 작업실에 내려앉았다. 말드레드는 날카로운 황금 발톱에 매달린 채 몸부림쳤다.

그런데 거기엔 다르마도 있었다. 은빛 열쇠와 금빛 열쇠를 손에 들고서!

"그 열쇠는 내 거야!"

말드레드가 꽥꽥 소리쳤다. 여전히 버둥거리고 있었다.

"이건 당신 게 아니에요. 결코 당신 것이었던 적 없었죠. 우린 이 열쇠를 안전하게 지켜야 한답니다."

다르마가 차분하게 말했다.

"흥, 소용없어. 열쇠를 손에 넣기 위해서라면 무슨 짓이든 할 거니까!"

말드레드가 악을 써 댔다.

"다시는 손에 넣을 수 없다니까요."

다르마가 고개를 저었다.

"말드레드를 꼼짝 못 하게 가두자!"

로리가 제안하자, 다르마는 황금 독수리를 올려다보며 차분하게 말했다.

"헤마, 말드레드가 움직이지 못하게 붙잡아 줘."

'역시, 그랬어! 저 독수리는 헤마였어!'

드레이크는 예상이 들어맞자 기뻤다.

독수리는 말드레드를 바닥에 내려놓았다. 그런 다음 재빨리 입에서 금빛 에너지를 쏟아 냈다.

광선처럼 흘러나온 에너지는 마치 밧줄처럼 마법사를 꽁꽁 옭아맸다. 말드레드는 꼼짝도 할 수 없었다.

드레이크가 다르마를 재촉했다.

“어서 열쇠를 챙겨서 나가자.”

“이 은신처에는 탈출로가 하나도 없어 보여. 마법 공간 속에 있는 것 같아.”

다르마의 말에 로리가 고개를 끄덕였다.

“아, 어쩐지 밖에서 이상한 빛이 나고 섬뜩하다 했더니.”

말드레드가 아이들을 보며 낄낄거렸다.

"너희는 여기서 절대 못 나가. 날 막지도 못하고. 드래곤 마스터들은 대체 언제 눈치채려나? 난 손이 없어도 마법을 쓸 수 있다는걸. 정신력만 있으면 다 된다 이 말이야!"

그 순간 붉은 공들이 갑자기 나타나 여기저기서 날아들었다.

로리는 얼른 책상 밑에 숨었다. 드레이크도 로리를 따라가는 순간, 붉은 공 하나가 드레이크를 향해 날아왔다.

"드레이크!"

로리가 깜짝 놀라 소리쳤다.

XIII

황금색 vs 붉은색

붉은 공이 정확히 드레이크의 가슴에 날아와 부딪쳤다.

드레이크는 왕실 보초병들이 붉은 공에 쓰러지는 걸 본 적이 있다. 이 공이 얼마나 강력한지 잘 알고 있었다!

드레이크는 나가떨어질 걸 예상하고 눈을 질끈 감았다.

하지만 놀랍게도 붉은 공은 드레이크의 몸을 맞고 그대로 튕겨 나갔다.

'어떻게 된 일이지?'

드레이크는 몸을 만져 보며 어리둥절해했다.

그때 조끼의 감촉이 느껴졌다.

'다르마가 준 조끼가 나를 살렸어!'

잔뜩 화가 난 말드레드는 온몸이 붉은 에너지로 빛나기 시작했다. 그러자 몸을 얽매고 있던 금빛 에너지가 산산이 부서져 반짝이는 가루가 되어 버렸다.

"열쇠는 내 거야!"

말드레드가 다르마를 향해 붉은 공을 쏘아 댔다.

곧 다르마는 붉은 공에 갇히고 말았다.

그 모습을 지켜보던 로리가 책상 밑에서 기어 나와 다르마를 향해 뛰어갔다.

바로 그 순간, 독수리가 눈부신 황금빛 에너지를 폭발시켰다.

빛이 방 안을 가득 채웠다.

얼마 후 빛이 잦아들자 눈앞에는 독수리 대신 골드 드래곤 헤마가 서 있었다.

드래곤은 두 눈을 번쩍이며 큰 소리로 울부짖더니, 말드레드에게 황금빛 에너지를 쏘았다.

말드레드도 질세라 두 손을 펴고 자기 앞에 붉은 에너지 방어막을 만들어 냈다.

붉은 에너지 방어막은 헤마의 에너지를 싹 다 흡수하고 말았다.

"으르르!"

헤마는 말드레드의 방어막을 뚫는 데 실패했다.

대신 다르마를 둘러싸고 있는 붉은 공을 향해 황금빛 에너지를 뿜었다.

붉은 공이 펑 터지고 다르마가 바닥으로 떨어졌다. 그 바람에 은빛 열쇠와 금빛 열쇠가 사방으로 나뒹굴었다.

"안 돼!"

로리가 크게 외치며 열쇠를 향해 몸을 날렸다.

하지만 말드레드가 더 가까웠다.

얼른 바닥에 떨어진 두 열쇠를 집어 들고는 자기 머리 위로 반짝이는 빨간 가루를 솔솔 뿌렸다.

번쩍하며 마법사는 사라졌고 붉은 공들은 거품처럼 터져 버렸다.

XIV

마법의 검

"말드레드가 사라졌어! 이제 나가가 어디에 있는지도 아니까 곧 이 세상을 파괴해 버리고 말 거야. 어서 쫓아가야 해!"

로리가 흥분해서 외쳤다.

"하지만 우린 나가가 어디에 있는지 몰라."

드레이크는 눈물이 핑 돌았다.

"우린 실패했어……."

"실패하지 않았어. 우리도 나가가 어디 있는지 알고 있어."

다르마가 쾌활하게 말하고는 지도를 들어 보였다. 말드레드가 열쇠 두 개로 찍어 낸 지도였다.

드레이크의 눈이 커졌다.

"섬 모양이 마치 드래곤 같아. 그리피스 마법사님에게 보여드려야겠어. 이 섬이 어디에 있는지 아실 거야."

로리가 다르마에게 물었다.

"말드레드의 지도는 어떻게 얻었어?"

다르마가 씨익 웃으며 대답했다.

"작은 생쥐가 갖다줬어."

다르마는 헤마를 힐끗 쳐다보았다.

"그럴 줄 알았어!"

드레이크가 기뻐했다.

"헤마는 독수리 말고도 다른 동물로 변신할 수 있구나?"

로리가 물었다.

"맞아. 무엇으로든 변신할 수 있어. 아주 작은 벌부터 커다란 코끼리까지."

"우아, 정말 대단한 능력이야!"

드레이크가 감탄했다.

"정말 그러네!"

로리도 맞장구를 쳤지만 이내 얼굴을 찌푸렸다.

"그런데 헤마가 이 은신처에 어떻게 온 거야? 드래곤은 포털을 통과할 수 없다고 그랬잖아."

"맞아. 포털의 에너지가 약해져서 큰 드래곤은 통과할 수가 없었어. 하지만 헤마는 조그만 생쥐로 변신해서 포털을 같이 넘어왔지."

다르마가 설명했다.

"그랬구나! 그럼 너는 어디에 있었던 거야?"

드레이크가 물었다.

"그래, 우리가 잡혀 있을 때 말이야."

로리도 궁금해했다.

"우리가 은신처에 들어왔을 때부터 곧 발각될 거라는 걸 예감했어."

다르마가 대답했다.

"그러면 왜 우리에게 경고해 주지 않았어?"

로리가 뾰로통하게 물었다.

"미안해. 모든 일이 너무 순식간에 벌어져서 말이야. 일단 내가 눈에 띄지 않아야 나중에 도움이 될 기회가 더 많이 생길 거라고 생각했어. 그래서 서둘러서 숨었지."

"네가 우릴 구해 줬으니, 네 생각이 옳았어."

드레이크가 빙긋 미소 지었다.

"나도 그렇게 생각해. 말드레드는 사라져 버렸지만 말이야."

로리도 동의했다.

"일단은 헤마의 은신처로 돌아가자. 그런 다음 웜에게 부탁해서 브라켄으로 가는 거야."

드레이크가 말했다.

"잊었나 본데, 우린 마법의 공간 속에 갇혀 있어."

로리가 정확히 지적했다.

"로리 말이 맞아. 여기서 나가려면 포털이 필요해. 하지만 지금은 포털이 어디에도 없어."

다르마가 고개를 저으며 말했다.

드레이크는 한숨을 내쉬며 벽에 기대어져 있던 은빛 검을 집어 들었다.

"그래도 내 검을 찾을 수 있어서 다행이야."

그런데 다르마가 검을 보더니 눈이 커다래졌다.

"그거 실버 드래곤의 굴에 있던 검이야?"

드레이크가 고개를 끄덕였다.

“맞아, 드래곤 마스터 장이 나한테 준 거야.”

“금빛 보물과 은빛 보물 모두 그것들을 지키고 있는 드래곤과 연결되어 있어. 그 검을 이용하면 실버 드래곤에게 가는 포털을 만들 수 있을 거야!”

다르마가 눈을 반짝였다.

“그럼 우리도 여기서 나갈 수 있겠다! 드레이크와 웜도 연결될 테고!”

로리가 잔뜩 기대하며 말했다.

“알겠어. 그런데 포털은 어떻게 열어?”

드레이크가 묻자 다르마가 설명해 주었다.

“검을 쥐고 공중에 원을 그려.”

드레이크는 두 손으로 은빛 검을 쥐고 눈앞에 큰 원을 그렸다.

“계속해!”

다르마가 외쳤다.

드레이크는 원을 그리고 또 그렸다.

마침내 공간이 은빛으로 소용돌이치기 시작했다.

새로운 포털이 나타난 것이다!

“해냈어, 드레이크!”

로리가 환호성을 질렀고, 드레이크는 활짝 웃었다.

“완벽해!”

다르마는 드레이크를 칭찬하며 헤마와 함께 포털을 통과했다.

XV 실버와 골드

드레이크와 로리도 다르마와 헤마를 따라 포털을 통과했다.

드레이크는 눈을 깜빡였다.

바로 앞에 번쩍거리는 실버 드래곤 아전트가 있었던 것이다!

드래곤 마스터 장이 드레이크를 보며 환하게 웃었다. 하지만 아이들이 있는 곳은 은빛 굴이 아니라 금빛 굴이었다.

드레이크는 혼란스러웠다.

"아전트? 장? 여기서 뭘 하는 거야?"

"왕에게 떠나도 좋다는 허락을 받자마자, 나도 은빛 열쇠를 찾으려고 왔어. 아전트가 은빛 검을 쫓아 여기까지 왔는데, 너희를 기다리고 있는 윔과 벌컨을 만났어."

장이 대답했다.

"윔!"

드레이크는 반가워하며 윔에게 달려갔다. 그리고 장을 돌아보며 말했다.

"우린 말드레드의 은신처에 있었어! 에코도 거기 있더라. 열쇠를 되찾으려고 애썼지만 지금은 말드레드의 손에 들어가고 말았어. 은빛 열쇠와 금빛 열쇠 모두……."

장이 얼굴을 찌푸리는가 싶더니 곧 밝게 웃었다.

"안타까운 소식이긴 하지만 우리가 말드레드를 막으면 돼!"

로리가 벌컨의 목을 쓰다듬으며 장을 바라보았다.

"네가 장이구나. 갑옷 정말 멋지다!"

"고마워. 넌 로리 맞지? 윔이 아전트에게 너희 이야기를 해 줬어."

다르마가 장을 향해 고개를 끄덕였다.

“만나서 반가워, 은빛 열쇠의 수호자. 난 금빛 열쇠의 수호자 다르마라고 해.”

장도 웃으며 인사했다.

“우리 둘 다 은신처를 절대 떠나지 않을 거라고 생각했는데, 지금 우리를 좀 봐!”

그때 로리가 끼어들었다.

“서로 알아가는 건 나중에 하는 게 좋겠어. 지금은 말드레드를 막는 게 중요해!”

“로리 말이 맞아.”

장이 동의하자 로리가 고개를 끄덕였다.

장이 이어서 말했다.

"말드레드는 분명 나가가 있는 곳으로 가고 있을 거야. 드래곤의 위치는 알아냈어?"

다르마가 지도를 보여 주었다.

"이 섬 어딘가에 있을 거야."

"그리피스 마법사님이라면 이 섬을 아실 거야. 일단 브라켄으로 돌아가자. 나가를 찾고 말드레드를 막으려면 드래곤 마스터들이 힘을 합쳐야 해."

드레이크가 모두를 돌아보며 말했다.

"맞아, 그래야지."

다르마도 고개를 끄덕였다.

드레이크가 웜의 몸에 손을 얹었다.

"자, 이제 돌아갈까?"

로리와 장 그리고 다르마가 자신의 드래곤에게 손을 올렸다. 그리고 다른 손은 웜에게 얹었다.

마침내 드레이크가 외쳤다.

“웜, 우리를 브라켄으로 데려다줘!”

드래곤 마스터가 되기 위한 예행 연습

책을 읽고 다음 질문에 대해 생각해 보세요.

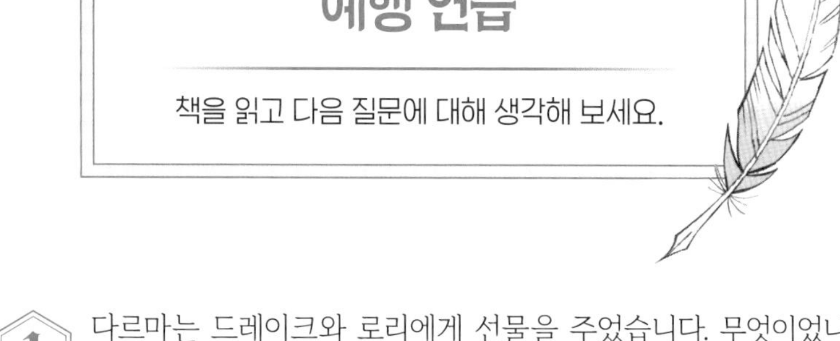

1. 다르마는 드레이크와 로리에게 선물을 주었습니다. 무엇이었나요? 그리고 그 선물은 드래곤 마스터들에게 어떤 도움을 주었나요? •31~32, 71, 79~80쪽•

2. 말드레드는 왜 금빛 열쇠와 은빛 열쇠가 필요했나요? 58~59쪽에서 말드레드는 열쇠로 무엇을 하나요? •58~60쪽•

3. 드래곤 마스터들은 말드레드의 은신처에서 어떤 방법으로 탈출했나요? •89~91쪽•

4 66쪽에서 말드레드는 에코를 사라지게 만듭니다. 에코는 어떻게 되었다고 생각하나요? 자유롭게 상상해서 이야기해 보세요.

5 다르마의 드래곤, 헤마에게는 다른 동물로 변신하는 능력이 있어요. 만약 여러분에게 변신 능력이 있다면 어떤 동물로 변신하고 싶나요? 글이나 그림으로 표현해 보세요.

드래곤 마스터의 모험

말드레드가 열쇠를 모두 손에 넣고 말았어요!
다행히 그자를 우리 마법사들이 붙잡고 있단다.
하지만 오래 버티지는 못해. 서둘러서 나가의 드래곤 마스터에게 알려 줘야 한다.
나가처럼 강한 드래곤에게도 마스터가 있나요?
물론이다. 하지만 그에 대한 정보는 알려진 게 없다. 드레이크, 네가 직접 확인하고 오거라.
어서 출발하자, 나가 드래곤을 찾으러!

웜의 도움으로 순간 이동한 드래곤 마스터들!
저 아이들이 나가의 드래곤 마스터일까?
번쩍!
누가 감히 나가의 신전에 들어온 것이냐!!!
진정해! 우린 너희를 공격하려는 게 아니야.
나쁜 마법사가 나가 드래곤을 차지하려는 걸 알려 주러 왔어!

가장 강한 드래곤을 차지하려는 말드레드와 이를 저지하려는 드래곤 마스터들! 과연 사악한 마법사로부터 세상을 안전하게 지켜낼 수 있을까?

드래곤 마스터가 되고 싶은 어린이를 위한 소식

드래곤에 대해 더 자세히 알고 싶나?
그렇다면 내가 만든 이 책을 보게.
드래곤과 드래곤 마스터에 대한 모든 정보가 담겨 있지.
서쪽의 트레이시가 글을, 롤랜드왕의 왕실 마법사
매트 러브릿지가 화려한 그림을 그렸다네.
드래곤 마스터가 되고 싶다면 미리 봐 두는 게 좋을 거야.
어디에서 찾을 수 있는지는 비밀이네.
그것부터 드래곤 마스터가 되는 시작이니까!

드래곤 마스터 공식 가이드북

글 트레이시 웨스트 | 그림 매트 러브릿지 | 옮김 윤영
값 13,000원 | 144쪽 | 양장 | 풀컬러

12. 골드 드래곤의 보물

초판 1쇄 인쇄 2024년 12월 24일
초판 1쇄 발행 2025년 1월 15일

글 트레이시 웨스트 **그림** 사라 포레스티 **번역** 윤영
펴낸이 김선식

부사장 김은영
어린이사업부총괄이사 이유남
책임편집 최방울 **디자인** 남정임 **책임마케터** 최다은
어린이콘텐츠사업4팀장 강지하 **어린이콘텐츠사업4팀** 남정임 최방울 최유진 박슬기
마케팅본부장 권장규 **마케팅3팀** 최민용 최다은 안호성 박상준 김희연
미디어홍보본부장 정명찬
편집관리팀 조세현 김호주 백설희 **저작권팀** 성민경 이슬 윤제희
제휴홍보팀 류승은 이예주
재무관리팀 하미선 김재경 임혜정 이슬기 김주영 오지수
인사총무팀 강미숙 이정환 김혜진 황종원
제작관리팀 이소현 김소영 김진경 최완규 이지우 박예찬
물류관리팀 김형기 김선민 주정훈 김선진 한유현 전태연 양문현 이민운

펴낸곳 다산북스 **출판등록** 2005년 12월 23일 제313-2005-00277호
주소 경기도 파주시 회동길 490 **전화** 02-704-1724 **팩스** 02-703-2219
다산어린이 공식 카페 cafe.naver.com/dasankids **who시리즈몰** www.whomall.co.kr
종이 신승INC **인쇄** 북토리 **코팅 및 후가공** 평창피앤지 **제본** 대원바인더리

ISBN 979-11-306-5612-0 (74840)
979-11-306-9680-5 (세트)